글벗시선 216 김석이 동시조집

빗방울 기차여행

도서출판 글벗

시인의 말

동심은 늘,

나 자신을 뒤돌아보게 하는 그리움이다.

2024년 8월
김석이

차 례

제2부 박하사탕

제3부 난, 다 아는데

제4부 언제 다 먹지

제5부 냉이꽃 앞에서는

제1부

친구와 함께라면

친구와 함께라면

드넓은 운동장도 왜 이리 좁은가요

까마득한 먼 길도 가깝게만 느껴져요

라라라 빠른 음표를

그려내는 푸른 하늘

밀어주고 당겨주고

바깥이 궁금하다 칭얼대는 새싹에게

햇살이 당겨주고 흙덩이가 밀어주니

연둣빛 얼굴 내밀며 고맙다고 인사해요

칭찬

‒ 연보랏빛 네 표정에 바람도 멈추었네

‒ 달콤한 꽃냄새에 기분이 좋아졌어

등꽃과 아카시아가 웃으며 마주 본다

힘내

둥지에서 떨어진 아기 참새 한 마리
걱정스런 눈빛으로 바라보는 아이들
파르르 떠는 모습에 어쩔 줄 모른다

-피아노 소리 들으면 기분이 좋아져서
참새가 더 빨리 일어날 것 같은데

내 말이
끝나기도 전
쿵쾅쿵쾅 딩동댕

키 작아도

바위틈에 피어난 조그만 쑥부쟁이
바위가 태워 준 무등에 으쓱으쓱

강물이 부러운 눈길로
자꾸만 돌아봅니다

흙의 응원

무엇이든 품어 안고 말없이 토닥토닥

겨우내 풀이 죽은 씨앗들 살펴 가며

힘내자

봄이 올 거야

두 주먹을 불끈 쥔다

지킴이 나무

안보는 척 은근슬쩍 딴전을 피우면서
우리 반을 곁눈으로 살피는 느티나무
오늘은 무슨 일 있나 귀도 팔랑 모읍니다

친구랑 다투고서 마음이 울적한 날
창가에 다가가니 시무룩한 나에게
손 먼저 내밀어 보렴
속삭이는 초록 말

수영강 놀이터

혼자서 노는 것보다
다 함께 놀아야 더
재미있고 신난다고
여기 펄쩍 저기 펄쩍

숭어 떼
뛰어오르며
은빛 춤을 추네요

참새 학교

아이들이 가고 없는 조용한 운동장
포르르 폴짝폴짝 종종종종 짹째재잭
참새 떼 몰려다니며 나르는 꿈의 씨앗

군데군데 묻혀놓은 장난기도 콕콕콕
여기저기 흘려놓은 군침도 사사사삭
재바른 몸놀림으로 꿈의 텃밭 고른다

반칙이야

느닷없이 달려와서 뒤통수 치고 간다

엉거주춤 돌아보니 보이지도 않는다

비겁한 코로나19

당당하게 나와라

수리수리 마하수리

구두수리 우산수리 열쇠수리 가방수리
자전거에 붙이고 달려가는 아저씨
낡은 곳, 부러진 곳에서 마법은 시작 된다

수리수리 마하수리 주문을 외우자
숨어 있던 절망이 화들짝 나가고
부러진 날개 죽지들 힘차게 펼쳐진다

내 손은 약손, 수리수리 마하수리
간절한 엄마의 주문이 통했는지
씻은 듯
다 나아버린
사랑해의 또 다른 말

앗, 실수

바람 그네 타다가
너무 멀리 왔나 봐요
혼자 뚝 떨어져서
놀고 있는 코스모스

우리가
친구 돼 줄게
빙빙 도는 잠자리 떼

제2부

박하사탕

말은 마술사

나비라고 부르면
나비처럼 팔랑팔랑
꽃처럼 예쁘네 하면
꽃이 되어 방글방글
소리로
활짝 피어나는
내 마음속 꿈동산

네가 미워 말을 하니
친구가 미워져요
고맙다고 얘기하니
친구가 웃어줘요
말에는
색깔이 있어
내 마음 물들이죠

박하사탕

입 안에 쏴하고 가득 차는 밀물이야

와사삭 깨물 때 나는 소리가 햇살이야

환하게 내 맘 비추는

그 한마디, 엄마

물방울 우주선

웅덩이 물과 빗방울이 어느 봄날 만났어요

반가운 그 마음이 폴짝폴짝 동동동

풀잎도 고개 내밀며 초록 손을 흔들어요

파도 달리기

출발신호 기다리는
수평선은 출발선

다 같이 어깨 걸고 해변으로 달려가죠
갈매기 박수 소리에 힘든 것도 잊는 파도

탱글탱글

새까만 포도 한 알
입에 넣고 깨물면

번지는 달콤함에
스르르 눈 감는다

시험지
백 점 받은 날
날고 싶은 바로 그 맛

작은 음악회

어둠이 깔리면
공연이 시작되죠

풀벌레 합창 소리에
길고양이 귀를 쫑긋

지휘자 산들바람이
박자 젓기 합니다

강아지풀

고개를 까딱까딱
소곤대는 비밀 얘기

살금살금 다가가서
엿들을까 하는데

─아이고 우리 강아지
할머니 땜에 들켰다

빗방울 기차 여행

소나무 잎사귀에 매달린 빗방울
기차놀이 오종종종 찾아가는 구석마다
메마른 나무 입술을 촉촉하게 적셔요

힘이 없던 나무들이 반짝하고 눈을 떠요
고맙다고 손 흔드는 그 마음에 신이 나서
빗방울 기적소리로 토독토독 달려가요

꽃샘추위 너무해

이제 막 고개 내민 꽃봉오리 피기도 전에

갑자기 불어 닥친 겨울 날씨 무서워요

얼어서 푸르죽죽한 저 꽃들 어쩌나요

참새 나무

참새 떼 겨울나무를 뒤덮고 앉았어요

나무가 추울까 봐 잎이 되고 열매 되고

곧 봄이 다가온다고 희망 가득 날라 줍니다

시무룩

코로나로 등교 못 해 조용한 학교 담장

예전과는 다르게 장미꽃도 푸석하다

아이들 왁자한 소리, 생기 주는 힘이었나

제3부

난, 다 아는데

눈치 없이

– 은채야 태형이가 너 좋아하나 보던데

– 이미 다
알고 있어요

다섯 살 은채의 말

어이쿠
어이없게도
눈치 없이
나만 몰랐네

시소

시소를 타면서 외치는 기원이

–슬픔은 내려가고 기쁨은 올라가요

바닥을
차고 오르는
웃음소리 파랗다

진짜 맞아요

꽃을 보고 진짜예요 가짜예요 묻는다
예쁘다는 생각보다 앞서서 뛰어오는
가짜가 진짜보다 더
진짜 같다는 뜻

놀리다가

-연주야 연주해라 피아노 쳐야지

-김석이, 돌이야, 버섯이야, 남자야

큰 걸로 세 대 맞았다

-놀려서 미안해

난 다 아는데

너희 집 어디니?

저리로 돌아가서

이리로 가다가

조금 가면 우리 집이에요

자신감 넘치는 대답

그 속에 길이 있네

내 거는

과자를 나눠주는 깜찍한 승연이
-내 거는 없는 거야
-선생님 건 두 개예요
-어머나
-난 왜 두 개니
-한 개는 샘 남편 거예요

강시

양팔을 쑥 내밀고 계단으로 폴짝폴짝
뛰어오는 태형이
– 너 강시니
– 김씨인데요

때마침
강민구가 왔다
강씨 저기 오는데요

어쩌면

음악만 나오면 흥에 겨워 몸 흔드는
내 동생은 타고난 재주꾼인 거 같아요
시키면 억지로 하는 나하고는 달라요

이상해

어른들은 무거워도
물에 잘 뜨는데

가벼운 나는 왜
자꾸만 가라앉죠

고개를 갸우뚱거리며
질문하는 눈빛 하나

아직 몰라

우리 차는 소나타야
우리 차는 산타펜데

가만히 듣고 있던 한솔이가 하는 말

우리 차
이름은 없어
아직 짓지 않았거든

술래잡기

은행잎이 바람에 이리저리 흩날린다

여기야 여기
날 잡아 봐라

두 손을 벌린다

잡힐 듯
잡히지 않는
가을이가 뛰어간다

등꽃 모빌

여기 한번 쳐다봐
보랏빛 종을 흔들자

아이들 눈망울은
반짝반짝 빛납니다

향기가 쏟아집니다
마음으로 받습니다

제4부

언제 다 먹지

밑줄 쫙

– 친구랑 싸웠구나
– 좋은 일 있나 보네
내 맘속 점 하나까지
찬찬히 읽으시며
밑줄을 쫙 그으시는
할머니의 독서법

아이야

ㅏ 방향을 바꾸면 ㅓㅗㅜ가 되구요
ㅑ 방향을 바꾸면 ㅕㅛㅠ가 되지요
ㅡ ㅣ 쿠 신기하네요 우리 한글 우리말

ㅏ ㅣ ㅑ로 다 통하는 10자 모음 변신술에
자음도 함께 달려 세계로 나아가죠
아이야 두 손 맞잡고 강강술래 덩실덩실

온천천 운동회

물풀들이 늘어서서 이어달리기 하나 봐요
잉어 떼도 꼬리 물고 물풀처럼 줄을 서요
색색의 머리띠 매고
응원하는 나뭇잎 배

띄어쓰기

글씨를 온통 붙여 쓴 현지에게
아버지 가방에 들어가시겠네 했더니

－큰 가방 집에 없어요
의아한 그 표정

키득키득

울퉁불퉁 튀어나온 호기심 밟아가며
말만 듣고 찾아간 고개 너머 방앗간
화들짝 등 후려치던 엄마의 커다란 손

예닐곱 살 가시내들 울음소리 방앗소리
맞물려 돌아갈 때 먼지 쓴 코스모스
한사코 입을 가리며 배꼽 잡고 웃지요

강물은

바람이 불어오면 물비늘이 생겨요
햇살을 받으면 은빛 비늘 반짝여요
강물은
물고기 엄마
비늘이 닮았데요

열려라, 참깨

햇살이 똑똑똑
두꺼운 문 두드리자

사방에서 뛰어오는 깨알 같은 얼굴들

여기요
여기 있어요
참깨들 다 모였다

간지럼

가을바람이 겨드랑이에
손을 넣고 간질이자
까르르 떼구루루
배꼽 잡는 코스모스
온천지
웃음소리에
번져가는 꽃물결

궁금해

연꽃 씨앗이 왜 연밥인지 궁금해서 갸우뚱
잠자리도 하루 종일 물음표로 빙빙 돌고
연밭 속 미꾸라지도 이리 꿈틀 저리 꿈틀

물 위에 둥둥

빗줄기 타고 내려와 가지 끝에 매달리고

웅덩이에 숨어들어 하늘도 갖다 놓고

지웠다 다시 그렸다 옮겨놓는 별자리

언제 다 먹지

조그만 연못에 개구리밥 가득하다
바람이 등 떠밀며 자꾸자꾸 퍼다 준다
먹어도 계속 먹어도 줄지 않는 사랑샘

아랫목

산에서 언니와 노래를 불렀지요
나무와 나무 사이를 오가는 메아리
넓적한 바위에 앉아 동심을 데웁니다

제5부

냉이꽃 앞에서는

시계야

너도 힘들지
나도 힘들어

너도 쉬고 싶지
나도 쉬고 싶어

오늘도
학원 다니느라
정신없이 바빴거든

냉이꽃 앞에서는

하트를 날리면서
사랑해 사랑한다는데

온몸으로 대답하며
그저 따라 웃지요

매서운 꽃샘추위도
부드럽게 웃지요

카메라

의자 위에 올라가고
친구랑 싸우다가도
카메라만 들이대면
V 그리며 엉덩이를 쑥

예쁘게
찍히고 싶다
몸이 먼저 말한다

이사

바람이 불어오자 민들레 씨앗들이

깃털처럼 날아올라 둥실둥실 떠다니다

사뿐히 내려앉은 곳 내 집이다 여기가

책 속의 여행

책장을 넘길 때마다 마음이 넓어져요
물음표가 빙빙 돌아 느낌표로 바로 서고
가슴을 열어젖히며 두 손 번쩍 들어요

모르는 것
궁금한 것
차곡차곡 쌓아놓고
오늘도 책 속에서 꿈의 씨앗 골라가며
생각에 풍선을 띄워 높이 높이 날려요

뒤꿈치 들고

기찻길 따라가며 활짝 핀 코스모스
귓가에 남아 있는 기적소리 못 잊어서
앉았다 일어섰다가 바람 등을 탑니다

스쿨 존 school zone *

동백나무 교실에 참새들 와글와글

민들레 냉이꽃도 궁금해서 귀를 쫑긋

멀리서 꽃샘바람이 머뭇머뭇 기웃기웃

* 어린이 보호구역

옹기종기

보도블록 틈새에 민들레꽃 냉이꽃

쪼그리고 앉아서 소꿉장난 하나 봐

바쁘게 날아온 나비
끼워 달라 팔랑팔랑

부메랑

내가 먼저 웃어주니 친구도 웃었다
친구가 손짓하니 나도 몰래 뛰었다
되돌아갈 수 있다는 그만큼의 거리다

오리 가족

하루 종일 떠다녀도
물에 젖지 않아요

잠수도 해 보고 물구나무 서 보고

으샤샤
끄떡 없어요
용감한 우리 가족

내가 엄마

엄마 없는 나경이는

소꿉놀이할 때

늘 엄마다

다독이고 안아주고 살갑게 챙긴다

−얘들아, 어서 일어나

−밥 먹고 학교 가야지

봄비

그만 자고 일어나라
토닥토닥 깨우는 소리

잠꾸러기 새싹들
졸린 눈 반짝 뜨며

온 세상 물들이지요
천진스런 연둣빛

■ 글벗시선 216 김석이 동시조집

빗방울 기차여행

인 쇄 일 2024년 8월 31일
발 행 일 2024년 8월 31일
지 은 이 김 석 이
펴 낸 이 한 주 희
펴 낸 곳 도서출판 글벗
출판등록 2007. 10. 29(제406-2007-100호)
주　　소 경기도 파주시 와석순환로 16,(야당동)
　　　　 롯데캐슬파크타운 905동 1104호
홈페이지 http://guelbut.co.kr
E-mail juhee6305@hanmail.net
전화번호 031-957-1461
팩　　스 031-957-7319
가　　격 12,000원
I S B N 978-89-6533-285-5 04810

* 이 책은 부산문화재단 창작지원금으로 제작되었습니다.